Estranheza

Flávia Pimenta

Estranheza

INSÍGNIA

Copyright © 2024 Flávia Pimenta
Copyright © 2024 INSIGNIA EDITORIAL LTDA

Todos os direitos reservados. Nenhuma parte desta publicação pode ser reproduzida ou transmitida de qualquer forma ou por qualquer meio — gráfico, eletrônico ou mecânico, incluindo fotocópia, gravação ou outros — sem o consentimento prévio por escrito da editora.

EDITOR: Felipe Colbert

CAPA: Equipe Insígnia

PRIMEIRA REVISÃO: Alessandra Pimenta Garcia

DIAGRAMAÇÃO: Equipe Insígnia

ILUSTRAÇÕES DE CAPA E MIOLO: Designed by Freepik

Publicado por Insígnia Editorial
www.insigniaeditorial.com.br
Instagram: @insigniaeditorial
Facebook: facebook.com/insigniaeditorial
E-mail: contato@insigniaeditorial.com.br

Impresso no Brasil.

Dados Internacionais de Catalogação na Publicação (CIP)
(Câmara Brasileira do Livro, SP, Brasil)

Pimenta, Flávia
  Estranheza / Flávia Pimenta. -- São Paulo : Insignia Editorial, 2024.

  ISBN 978-65-84839-32-8

  1. Ficção brasileira I. Título.

24-204277   CDD-B869.3

Índices para catálogo sistemático:

1. Ficção : Literatura brasileira   B869.3

Eliane de Freitas Leite - Bibliotecária - CRB 8/8415

Dedicatória

A cada mulher desenhada pelas mãos do criador, no traço perfeito do amor, da força, do sorriso escondido na dor.

A cada uma dessas preciosidades, dedico a minha fala; a minha mão estendo e me apresento para caminhar e avançar nas batalhas.

Batalhas essas que nos oferecem de esmola, por medo ou receio, porque, no fundo, ainda que nos afugentem e enfrentem, sabemos que toda rejeição é porque nos temem.

Então, se cada mulher der a mão a uma amiga ou conhecida, gritar o silêncio das mais sofridas e apoiar as esquecidas, criaremos uma corrente indestrutível.

Sem rupturas, sejamos elos que acrescentam, estimulam e igualmente acolhem o outro.

Ofereço-me.

Chegamos até aqui nos rabiscos dos nossos gritos, talvez ouvidos por muitos, mas eu luto e te convido à batalha, para que muitos sejam **TODOS**!

...ou que todos sejam **TODAS**!

Um beijo imenso, cheio de gratidão.

A vida é contada no tempo da alma
No encontro perfeito do corpo com o coração.
Na brevidade que há
Há de se viver intensamente para encontrar
Pessoas em quem confiar
Motivos para celebrar
Amores para cultivar
Razões para sorrir.

Ainda que a gente tropece e sofra,
Ou emaranhe os dias em nós apertados de dores
Na estranheza de ser
No tempo da nossa história
A vida desfaz e refaz os nós
Em laços de presentes a cada dia
Porque a vida nunca desiste de "NÓS"!

Flávia Pimenta

Prefácio

Falar da obra de Flávia Pimenta me lança a uma confortável zona de entendimento, identificação e admiração. Ela, uma prolífica autora que desafia o mercado das letras e sempre abraça temas inclusivos, amorosos, desta feita nos traz uma pauta importantíssima do ponto de vista biopsicossocial.

A mim, particularmente como pessoa física despida do papel de crítica literária, me atinge em cheio. Como mulher que sou, homossexual, militante das causas de gênero e, sobretudo, como esposa e mãe que encara diariamente as intempéries de uma sociedade misógina, homofóbica e com parca disponibilidade ao diálogo com o diverso.

Fico feliz de perceber que a heterossexualidade compulsória não torna impermeáveis as pessoas quando se trata de dar voz a cada uma de nós.

E, para muito além disso, inegavelmente vemos uma narrativa doce, romântica (mas não romantizada em alienação), que aborda a força motriz da vida, das escolhas, da luta diária para viver no país que mais mata homossexuais no mundo.

Flavinha — sim, "Flavinha, minha amiga" —, uma mulher cristã que enxerga o próximo como uma extensão do amor de Cristo, sem nenhum julgamento ou desfaçatez, e que ensina diariamente através de suas palavras o poder da temperança.

Esta obra é um grande presente para cada um de seus leitores.

Entretém de forma didática e leve, desfazendo equívocos e preconceitos, enquanto mostra que o amor é, de fato, a única coisa que vale a pena em um mundo permeado de acontecimentos tristes diariamente.
Boa leitura!

Ana Clara Tissot
Escritora, ilustradora e crítica literária

Nuvens de algodão

A mamãe *tá* dormindo numa grande caixa de madeira na sala. Há muitas flores em volta dela. São flores amarelas e brancas, mas mamãe gosta mesmo é de rosas vermelhas.
Cheiro ruim, abafado.
Velas acesas, estranho tudo.
Todo mundo chora, o papai num canto nem conversa, nem me olha.
A mamãe também não me responde.
É chato seu silêncio, porque ela sempre sabe tudo.
Chego perto dela para perguntar quando as pessoas vão embora.
Aí vem alguma "dessas pessoas" e me tira de perto da minha mamãe.
Que saco! Quero ficar com ela.
Corro para o meu quarto, fecho a porta, não quero ninguém me chamando.
Estão falando que tudo vai ficar bem.
Mas já está tudo bem.
Só que falam coisas tristes e eu choro.
Sei lá...
Mamãe não gosta que eu chore, sempre que me vê chorando, diz:
— *Minha boneca, não chore, seus olhos ficam vermelhos e seu nariz também. Parece uma palhacinha.*
Quando ela diz isso, eu dou risada, e mesmo com o nariz congestionado, vou rindo e parando de chorar.
Mamãe agora *tá* calada.
E sou a verdadeira palhacinha.
Entram no meu quarto.
É a vovó, não tenho coragem de pedir para ficar sozinha.
Ela é velhinha.
Deixo ela ficar.
Vovó pergunta se eu *tô* entendendo o que está acontecendo.

Digo que não.
Ah! Respiro aliviada.
Então agora vou entender. Afinal, vovó sabe das coisas.
Ela fala, fala sobre morte, que minha mamãe foi para o Céu, que nunca mais mamãe vai acordar e um monte de coisa.
Escuto quietinha. Tadinha da vovó, já está ficando gagá.
Mamãe não vai dormir para sempre.
Imagina só.
Ela lava as roupas, limpa a casa, faz rabos lindos no meu cabelo, às vezes, tranças.
Também tem a hora do jantar, em que nos sentamos à mesa e ela nos serve a comida com felicidade.
Ai, vovó! Não sabe de nada.
Mamãe não vai para o Céu, ela me leva para todo lugar com ela, até ao mercado.
Tento explicar pra vovó que a mamãe dormiu naquela caixa esquisita e que já, já ela levanta.
A vovó não acredita, começa a chorar, fico com pena, então me calo.
Concordo acenando com a cabeça só pra ela me deixar aqui, quietinha.
Adormeço e quando vejo já é noite, a casa está vazia.
Até que enfim. Vou falar com minha mamãe.
Mas é meu papai que vem falar comigo.
Ele acreditou na mamãezinha dele, falou igualzinho a ela.
Coisas sobre minha mamãe.

Céu. Morte. Nunca mais.
Cada mentira...
Quem vai fazer minhas tranças? Contar histórias engraçadas? Fazer brigadeiro e comer de colher?
Claro que minha mamãe.

Um dia me disseram
Que as nuvens não eram de algodão
Um dia me disseram
Que os ventos às vezes erram a direção
E tudo ficou tão claro
Um intervalo na escuridão
Uma estrela de brilho raro
Um disparo para um coração

Somos quem podemos ser — Engenheiros do Hawaii

Eles falaram a verdade.
Descobri isso depois que eu nem tinha mais lágrimas para chorar.
Depois que perdi a voz, gritando alto para mamãe me escutar.
Procurei por ela em cada canto da casa. Ficava horas sentada na cozinha, esperando ela abrir a porta sorrindo.
Enxugando as mãos no avental, cozinhando e dizendo pra mim:

— *Hoje nós vamos fazer seu bolo preferido, cenoura com cobertura de chocolate. Você me ajuda?*
Não teve bolo, nem nossas risadas, quando ela passava farinha na ponta do meu nariz.
Ela não entrou e eu estou esquecendo o som da voz da mamãe.
Pelo menos é verdade a coisa de ela não voltar mais.
As outras coisas de Céu e morrer, eu não sei não.
Só sei que a casa agora *tá* suja, cheia de louça na pia.
Meu pai, que antes sorria, tem cara de bravo, só briga, briga sem motivo, até xinga.
Ah, ele bebe, e quando bebe, fica pior.
Os olhos.
Pelos olhos sei que ele bebeu, é só olhar nos olhos dele, ficam vermelhos e tem mais coisa ali, tipo tristeza, raiva, eu acho.
Só acho.
Passaram-se muitos dias, só nós dois e um silêncio de arder os ouvidos.
Silêncio arde ouvido? O nosso arde, e também o coração.

Abracei muito, muito minha vozinha.
Até enxuguei uma lágrima que escorria e ela não via.
Que saudade eu *tava*.
Por um momento, até pensei que podia ser minha mãezinha.
Mas o tal Céu não deixa ninguém fazer visita.
Nem de lá pra cá, e nem daqui pra lá.
Vovó ficou horrorizada.

Foi o que ela disse ao papai quando entrou em casa.
Gostei dessa palavra. *Horrorizada.*
Minha vovó queria me levar, disse que cuidaria de mim, papai não deixou e gritou com ela.
Fiquei com medo dele, queria ir com vovó. Supliquei com os olhos, ela não entendeu. Não me levou.
Vovó não sabe conversar com os olhos. Eu sei, mamãe me ensinou.
A casa ficou limpinha, sem louça na pia, tudo arrumado. Vovó que deixou assim. Mandou papai tomar vergonha e arrumar alguém para fazer o serviço.
Fiquei só ouvindo. Num canto da sala.
Ele arrumou alguém.
Uma menina de sete anos. Fiquei *horrorizada.*
Aprendi sozinha, do pouco que lembrava, o que a mamãe fazia.

Mudanças

Sacolejando num caminhão, grudei a testa no vidro embaçado, olhando estrada, estrada, até avistar "luzes".
Cidade nova.
Mudamos.
Pouca explicação.
— *É por causa do meu serviço. Arruma suas coisas* — papai me disse.
Aconteceu uma coisa boa nessa mudança, achei uma caixa cheia de fotos da mamãe.
Eu na barriga dela, eu neném no colo dela, ela e eu.
Seria meu tesouro maior.
A morte esqueceu de pegar, preciso esconder bem escondido pra "ela" não achar.
Chegamos. Cidade grande.
— *Aqui é perigoso sair sozinha. Só saia se eu deixar.* — Ah, nada de: — *Gostou da casa, filha? Quer dar um passeio? Vem aqui no colo do papai.* — Nadinha.
Uma casa pequena. Dois andares. Uma escada de madeira e um piso barulhento.
Essa é mais fácil de limpar. Já com oito anos, acostumei com o serviço.
Comida ele trazia, dentro da marmita, todo santo dia.
Eu abria, olhava, às vezes a fome era tanta que devorava, oras mexia pra lá e pra cá, sem vontade.
Porque muitas vezes a minha fome era de abraço, de carinho. Era no fundo saudade, saudade doída que ardia a barriga. Saudade da mamãe e da vida que a gente tinha.
Papai não falava comigo.
Trabalhava cedo e à tarde. À noite, bebia. Dormia no sofá.
Roncava.
No fundo, eu tinha saudades dele também. De quando chegava assobiando, beijava mamãe no rosto e me rodopiava com alegria.

Eu gritava: — *Para, papai, vou cair.* — Mas, no fundo, não queria parar e sabia que não cairia.
Ele nunca mais me girou no ar... Ele nem mesmo me via.
De vez em quando eu me escondia atrás da porta, ficava olhando para ele no sofá deitado e morria de vontade de ir até lá.
Dar um beijo, um abraço. Dizer que eu o amava e que eu estava aqui, que também sentia saudades da mamãe.
Mas eu não ia.
Sozinha no meu quarto.
Segurava a foto da mamãe e beijava até pegar no sono.
Essa eu guardei no meu travesseiro, porque dava muito trabalho pegar em cima do armário, de dentro da caixa que eu escondia (para a morte não buscar).
É a minha preferida (a foto), ela de vestido florido, de mãos dadas comigo e sorrindo.
Vestido florido, sorriso e mãos dadas eram as coisas mais bonitas da vida, eu acho.

— *Você precisa estudar, aqui estão seus cadernos e lápis.*
Conheci a escola, papai me levou, me deixou no portão e me mandou entrar.
Não disse: — *Boa sorte. Eu te amo. Vou ficar com saudades.*
Só disse: — *Tchau, vê se estuda.*
Eu estava apavorada, mal sabia o que era escola e o que eu iria encontrar. Minhas roupas estavam apertadas e eu tinha vergonha. Queria pedir para ele segurar minha mão e entrar comigo, mas não tinha coragem de falar.
EU NUNCA TINHA CORAGEM.

Odiei a escola, muita criança ruim, metida, ninguém me olhou.
Só a professora se importou. Um pouco.
Fez um monte de pergunta, respondi a contragosto.
Quando falei que não tinha mamãe, ela me olhou com pena.
Eu também tinha pena.
Escola irritante. Casa silenciosa.
Era isso.
Eu era sozinha. Nesse dia, descobri que teria que fazer tudo.
Não tinha ninguém mais para me proteger, me rodopiar no ar, não tinha mais sorrisos, conversas.
Tinha uma casa, uma filha e um pai. Tinha silêncio, dor e abandono.

No outro ano, fiz nove anos, só sabia porque minha avó me dizia, ela veio visitar pela primeira vez nessa cidade.
— *Vim por causa do seu aniversário, meu amor, dia 22 de maio.*
Então, 22 de maio era o meu dia.
Antes disso teve Natal e Ano Novo, só que em casa não se comemorava, só sei porque ouvi na televisão, não teve presente, nem abraço, árvore então? Nem pensar.
Fiquei triste, pois o Papai Noel não sabia onde eu morava.
Vovó estava mais velhinha. Me trouxe presente.
Uma saia vermelha. LINDA.
E uma boneca. Feia pra danar.
Só que eu *meio* que menti para ela não ficar triste, disse que era bonitinha. A BONECA FEINHA.

Escutei vovó e papai brigando.
Ela dizia pra ele tudo o que eu queria falar.
— *Pare de beber. Você tem uma filha para criar. Reaja. Cuide de vocês dois. Arrume alguém para cuidar da casa. Sua filha é uma criança. Se você não mudar, levarei Lara comigo.*
Não levou de novo.
Ela foi embora. Nada de aprender a falar com os olhos.
Papai melhorou um pouco. Às vezes, falava comigo.
Eu sentia saudades da mamãe, da vovó. Não falava isso, guardava pra mim. Ele não me ouvia mesmo.
Depois de um tempo, nem sei quanto, ele veio dizer que a mãe dele tinha morrido.
Eu ainda não sabia direito o que era morte, mas sabia de uma coisa: ela não te devolvia quem ela levava.
E eu ia ter saudades da vovó, igual eu tinha da minha mãezinha.
Depois que ele me deixou sozinha, chorei, chorei.
Fiquei pensando:
Mais uma pessoa no Céu?
Onde cabe tanta gente lá?
Agora sou eu e ele de novo.
E minha boneca.
Passei a falar com ela, mostrei a foto da mamãe.
Ela achou a mamãe bonita e eu passei a achar a boneca LINDA.

Qual a beleza efetivamente real?
Qual é o protótipo?
Quem determina? Compara?
Há vencedores? Perdedores?
A beleza é subjetiva aos olhos de quem a vê.
Esqueça, delete os padrões.
Há de ser belo o que se vê no incógnito
O que não é visível aos olhos.
Há de ser belo o efeito de sentir, tocar, sorrir
O que é bonito a vista nua se perde no tempo
O que é bonito a vista do que se sabe é eterno.

Estranheza

Doze anos.
Só eu sabia do dia 22 de maio.
Eu e minha boneca. Eu e meus vazios.
Um pai ausente e bêbado. Durante o dia, ele trabalhava, trazia marmita; à noite, bebia e dormia.
Rotina dos dias. Acostumei. As lembranças de outrora foram sumindo, só me lembrava da mamãe pelas fotos que via. O cheiro, a voz, isso eu já havia esquecido.
A mim, restava uma casa para cuidar.
Lavava, limpava, do jeito que dava. Também, quem se importava?
Uma escola ruim para ir.
Caderno feio, lápis pequeno, caneta sem tinta.
Sem amigos, sem vontade, aprendia na marra.
Sem vaidades, roupas rasas, repetidas, das poucas que ele comprara.
Sem sonhos, ilusões. Sem família, sem amigos. Sem...
Uma palavra singela, que define tanto a minha vida, quem sou, onde estou...
Ausência, privação, falta...
Até procurei no dicionário o que significa a minha vida.
SEM!

> E na vida a gente tem que entender
> Que um nasce pra sofrer
> Enquanto o outro ri
> Mas quem sofre sempre tem que procurar
> Pelo menos vir achar
> Razão para viver
>
> Azul da cor do mar — Tim Maia

Tem gente que nasce para ser feliz e sorrir. Tem gente que não.
Eu sou não.
O que era ruim, piorou.
Foi em uma noite fria.
Escutei o barulho do piso rangendo. Madeira velha.
Meu sorriso se abriu junto com a porta.
Papai, enfim, me enxergou. Voltou para mim.
Bêbado, cambaleando. Sua figura imponente tornou-se uma sombra.
Fechei o sorriso e me cobri quando vi, em seus olhos, ruindade.
Aproximou-se.
Começou a falar com a língua enrolada.
Disse que eu estava igualzinha a ela, que eu era ela.
Ela. Ela. Ela.
"Ela" o fez me deixar nua. "Ela" o fez ficar nu.
Era estranho ver meu pai nu. Estranho ele me tocar.
Que estranheza.
Machucou. Doeu.
As coisas que "ela" mandou ele fazer no meu corpinho miúdo.
Dormi e não vi mais nada. No outro dia, tinha sangue no

meu lençol. Lavei chorando.
Sabia que papai tinha me machucado.
Tive medo dele, tive medo "dela".
"Ela" era má.
Fazia ele entrar no meu quarto, me tocar.
Eu ficava calada.
Sempre doía e a cada dia, mais triste eu ficava.

Pode ser até manhã
Cedo, claro, feito o dia
Mas nada do que me dizem
Me faz sentir alegria
Eu só queria ter do mato
Um gosto de framboesa
Pra correr entre os canteiros
E esconder minha tristeza

Canteiros — Fagner

Aula de Ciências. Corpo humano. Sexo. Procriação.
Entendi o que era aquela coisa que ele fazia comigo.
Chamava-se "sexo".
E era errado pai fazer com filha.
A professora dizia *"namorados, casados"*, não pai e filha.
Quase perguntei, mas achei mesmo que era errado e fiquei envergonhada.

A meleca branca que saía do pênis (esse era o nome do negócio que me machucava) fazia filho nascer na barriga.
Ela ficava gigante e podia explodir.
(*"Explodir"* ela não disse, eu que imaginei).
A professora ia falando, mostrando fotos.
A mulher tinha que dar o leite no peito.
Fui ficando desesperada.
No desespero, ergui corajosamente a mão e perguntei à professora:
— *Como se evita filho de entrar na barriga?*
Ela explicou. Fui para casa pensando em como eu diria.
Não disse. Peguei o dinheiro do mercado e comprei na farmácia o remédio.
Não esquecia um só dia.
Deus me livre de explodir a barriga, sair leite do peito.

Descobri nos meus quinze anos que "ela" era minha mãe.
Não, não era.
Ela jamais mandaria *ele* fazer aquilo.
Nojento. Maldito.
"Ela", para mim, era a morte.
Ruim. Vilã.
Levou minha mãezinha. Levou minha vózinha.
E mandava *ele* fazer aquilo.
Sim, a morte. Era "ela", aquela maldosa.
Eu odeio a morte. Eu odeio meu pai.

O amor tem de ser amor.
Estranheza?
Elucido:
Amor de coisas boas,
Amor de amor.
É ambíguo, mas assim é o amor.
Desconexo em si e em mim,
Amor verdadeiro
Não na mentira do ato.
Sem deveras dor ou renúncia,
Mas abrigo, afago.
Engano-me?

Nem sei se amo ou odeio,
Está-se eu neste amor
Ou ainda se amo-me.
É um abraço que fere,
Um silêncio que ensina
A ser só a dois.

Dores

Cabelo pintado de azul, meio estranho, talvez só queria chamar atenção daquele conhecido que era mais estranho que o cabelo.
Estranho é sorrir pra ele, fingir que sua presença é boa.
Uma loucura, eu diria, abrir a boca mostrando os dentes quando por dentro tremo inteira. De medo, de frio do abandono.
Conforme suas costas vão se virando, minha boca escancarada vai se fechando, assim como os olhos, na intenção de escurecer ainda mais o que já é preto.
As paredes descascadas da sala já amareladas, feias como a mobília rasgada, quebrada.
Quebrado, meu coração.
Nem sei se quebra, se remenda, se conserta, só sei que bate, meio descompassado, e bate rápido, bem acelerado, quando os passos fazem *"toc, toc"* no chão, rangido desse velho assoalho, barulho alto, perto da porta do quarto.
Coração pula, pula.
Coloco a mão por cima do peito pra ele não escapar.
Fecho os olhos e sinto só os pulos dentro, bombeando sangue, faço a canção das batidas, cantando no pensamento, junto com meu coração...
Para não ver nem sentir nada do que está acontecendo sobre mim, mãos, lambidas, dedos, invasão...
Nesses três anos, aprendi a agir. Canto no pensamento.
A música da minha cabeça vai diminuindo conforme as batidas do meu coração que agora vai no *"tum, tum"*.
Levinho como se fosse parar de bater. Eu coloco a mão no peito para ver se ele *tá* dentro. AINDA.
O assoalho range de novo, *"toc, toc"*, mas na volta o coração bate diferente.
Alívio.
Mais um dia já foi, de sentir o hálito quente, o cheiro de bebida e suor.

Ela, ela, ela... fica repetindo.
Vontade de gritar pra ele.
— *Fala "morte", seu covarde!*
Mas sou mais esperta, tomo o remédio todo dia.
"Ela" não vai me fazer ter barriga. Isso não.
Morte.
Morte.
Falo e repito mil vezes: — *Não tenho medo de você!*
Não tenho mais medo *dele* também.
Tenho ódio.

Olho para o teto e penso nas estrelas.
Quanta gente vendo o céu, a lua, as nuvens, na perfeição de uma vida, de abraços.
Enquanto a menina sozinha *tá* dentro de si, vendo o teto sem tinta.
Até quando?
Pergunto se a morte não poderia me levar.
Se o Céu já está tão cheio assim?
Parece que "ela" leu meus pensamentos.
"Ela" levou.
A ele e não a mim.
Agradeci. Ao menos uma vez, "ela" acertou na pessoa para levar embora.
A morte fez algo bom.
Talvez "ela" não seja tão ruim assim.

Oh, senhora!

Oh, senhora, que é chama
E arde como fogo,
Urge como leão,
Devora meu peito
E queima o meu coração.

Oh, senhora do tempo,
Da despedida silenciosa,
Do amor esquecido,
Do pranto escorrido.

Oh, senhora que subjuguei,
No leito de sua ordem deitei,
Nem mesmo argumentei.

Levastes meus sonhos,
Meus afetos,
De nada valeram meus protestos.
Oh, senhora da vida,
Oh, morte!

Resolvi tudo sozinha.
Quer dizer, a vizinha ajudou.
Enterramos o corpo dele, nem sei de que jeito. Ela quis que eu dormisse na casa dela, neguei.
Já tenho dezessete, pensei.
Posso dormir sozinha, sem ninguém sobre mim.
Sem a dor. O cheiro ruim.
Na descarga, foram-se os compridos, não precisaria mais.
Olhei-me no espelho, não era o que queria ver.
E eu respondi ao espelho: — *Serei Lara.*
Por mim e para mim.

Profundidade. Interior oculto.
Alma.
Ainda que ferida, és vida
Mesmo desiludida, és sonho.
É denso, é dentro.
É você do avesso nu e cru.
Escondida de si
Encontrada dentro do quarto escuro.
Coberta ou mascarada
Onde você for, contigo estás
Ilusões e tormentos
De ti, não podes fugir.
Se aceite
Se ame
Se ganhe
Ganhe na força
Na coragem de ser.

No outro dia.
A vizinha me acompanhou no serviço do meu pai.
Recebi, lá, uma *tal* de indenização e depois me enviaram para um setor, para me mandarem um dinheiro até meus dezoito anos, já que era meu direito.
Direito. Cinco meses. E depois?
Depois, arrumei um trabalho.
Bar, servir bebida.
Coisa fina.
Ver bêbado, eu já estava acostumada. Ignorar cantadas, não.
Aprendi.
Se você é mulher, você tem que aprender na marra e na garra.
A marra de ser valente.
A garra dos dias tenebrosos.
Tem que se defender da roupa que veste, dos lugares que caminha e até no jeito que senta.
Se você é mulher, tem que lutar pelo direito de ir e vir.
Até mesmo no jeito que sorri.
Tudo é causa e motivo torpe.
Um descabido de desculpas feias.
De uma sujeira jogada embaixo do tapete.
E ainda te culpam do estupro, da cantada barata, do aperto inadequado.
Condenam-te pelos erros machistas, cruéis, escondidos nas piadinhas infames, nos assovios indesejados, nas cantadas vulgares.
A culpa é sempre da mulher.
A casa bagunçada.
O filho que não nasce.

A mulher *tá* sempre errada.
Na vontade de ser mais, de ser livre, de ser!
Culpam a mulher até pela mordida na maçã.
A covardia machista começou lá com Adão.
Ah, mas somos fortes! Somos valentes!
Carregamos na vida todas as consequências.
Eu sou mulher e eu tenho garra.
Aprendi na marra.
Aprendo.
Sou mulher e preciso me reinventar eternamente.
Mas uma coisa eu sei, ninguém mais me tocará sem meu consentimento.
Não aceito nem mesmo o sorriso falso.

**Muita coisa a gente faz
Seguindo o caminho
Que o mundo traçou
Seguindo a cartilha
Que alguém ensinou
Seguindo a receita
Da vida normal,
Mas o que é vida afinal?**

Verdade chinesa — Emílio Santiago

Caminhos

Não tenho mais dezessete anos na aparência, tampouco na inocência, já carrego as rugas do rosto e a malícia.
Já sei o quanto a vida pode machucar e o quanto seu corpo padece no tempo.
A fantasia da pele lisa, dos cabelos perfeitos...
Não funcionam na vida real, na labuta, no grito mudo, no banho quente e no maltrato do vento.
Há que se amar o imperfeito ou há de se viver sem amor.
Já não carrego a ilusão do belo, nem me esqueço de olhar no espelho.
Na fragilidade das dores, amadureci.
Criei a proteção do meu coração e o medo não mora mais em mim.
Encaro o que vier, porque no final, a gente sobrevive mesmo.
Sobre cicatrizes marcando a pele, a alma, mostrando que o ruim já foi e você costurou com lágrimas, com ódio, saudade, rancor, desespero, tristeza...
Trançando os pontos da ferida agora fechada...

Toco a vida pra frente
Fingindo não sofrer
Mas o peito dormente
Espera um bem querer

Entre a serpente e a estrela — Zé Ramalho

Anos se passaram.
No ônibus apertado, cheiro forte de suor, abafado, assim como meus pés cansados dentro do sapato.
Queria chegar logo em casa.

Alguém e ninguém
Quem é quem?
Desconexo.
O passageiro do ônibus
Olhando o cabeludo do lado
Anônimo.
O cobrador o conhece.
Ele é o cara que senta calado.

Alguém pra um
Ninguém pro outro.
Tantos ninguéns andando,
Invisíveis na rua.
Tatuados, brancos, negros e pardos.
Tem bom ao lado do ruim.
Corpos na calçada.

Uns passam cantando, outros chorando.
No vai e vem, todo mundo é ninguém.
Pintados da tinta invisível
Nota-se um rosto já visto
Transforma-o em aquarela e cores.
Percorre. Forasteiro. Vagando.
Um importante

Jamais será ninguém ao segundo.
É Amor.
É a tinta vermelha destacando
O coração pulsando.

Incógnito.
Multidão.
É gente na contramão.
Sempre haverá um ninguém e um alguém então?
Gente nascendo. Morrendo.
Célebre. Desconhecido.
Quem sabe?
Alguém só é ninguém se nunca
Foi amado
Valioso.
Visíveis aos olhos de alguém
Notado.

Desamparo

Sentada no ônibus, na minha rotina desamparada.
Observo ao redor.
Avisto um sorriso, olho em volta, procurando se era pra mim.
Era sim.
Minha amiga, primeira e única.
Descobri um tempo depois. Naquela hora, era só alguém.
Mulher negra, alta, robusta.
Sorri meu primeiro sorriso depois de tanto tempo.
Maria. Apresentou-se.
Sou a Lara. Apresentei-me.
Todos os dias, naquele mesmo horário e ônibus, a gente se via e se apresentava um pouco mais.
Não o nome, outras coisas.
O assunto era tanto que voltar para casa era a melhor hora do meu dia, aqueles quarenta minutos no ônibus era tudo o que eu tinha.
Só de ver Maria meu sorriso se abria, meu coração acelerava. Era meu regozijo.

Agora não vou mais mudar
Minha procura por si só
Já era o que eu queria achar
Quando você chamar meu nome
Eu que também não sei aonde estou
Pra mim que tudo era saudade
Agora seja lá o que for
Eu só quero saber em qual rua
Minha vida vai encostar na tua

Encostar na tua — Ana Carolina

Maria me incentivou a voltar a estudar. Ela, segundo ano de Direito.
Juíza era o sonho daquela amiga que ganhava a vida fazendo faxina.
Eu não tinha sonhos.
Mas ouvindo sua paixão por um futuro melhor, me acendeu alguma luz.
Comecei a sonhar.
Dias e dias, no ônibus, a troca de informações.
Falamos das idades.
Maria, 27.
Eu, 25.
Falamos das famílias. Famílias que não existiam mais.
Ela também perdeu para a morte, a mãe. Assassinada pelo pai.
Ele, morto por traficantes pouco tempo depois.
Maria achava que fora o irmão o mandante da morte do pai.
Mas nem quis se meter, o irmão era barra pesada e, no fim, fez um bem sem perceber. Ou percebeu, e por isso, o fez.
Eles nunca mais se falaram. Ele sumiu, ela achou melhor assim.
O primeiro abraço que a gente deu foi quando criei coragem e contei "dele" nu em cima de mim.
Maria chorou bastante. Eu, não.
Endureci.
Maria foi mudando meus "ais", enchendo um pouco lá dentro.
Ela sorria muito, sempre. Era otimista. Fez-me sair do bar.
Perigoso, dizia.
Íamos juntas fazer faxina, ela que me recomendou no serviço.
Eu comecei a estudar enfermagem à noite, fiz vestibular e

tudo, Maria que me levou, me deu forças e incentivou.
A gente agora se via direto, não era só no ônibus. Ela conhecia minha casa e eu, o seu barraco.
Maria, no último ano de Direito, me convidou a morar com ela.
Economias, sabe?
Ela que foi morar comigo.
A casa era "dele", então passou a ser minha.
A dela era alugada e muito pequena.
Por incrível que pareça, minha casa feia era mais bonita que alguma outra.
Dividíamos as tarefas, as despesas, as noites com conversas.

Cuida bem de mim
Então misture tudo
Dentro de nós
Porque ninguém vai dormir
Nosso sonho

Muito estranho — Dalto

Sonhos

Numa dessas noites, até falei meu sonho.
Queria trabalhar em hospital, largar a faxina.
E ela deu aquele sorrisão grande, cheio de dentes brancos.
Eu sorri também, por dentro.

Mas é preciso ter manha
É preciso ter graça
É preciso ter sonho sempre
Quem traz na pele essa marca
Possui a estranha mania
De ter fé na vida

Maria Maria — Elis Regina

Lara, viva, disse.
E pasmem.
O sonho eu realizei, apenas em um ano de curso de enfermagem, consegui um estágio remunerado.
Hospital.
Acho que cuidar das feridas dos outros me ajudava a esquecer as minhas.
Maria, que terminara a faculdade, faxinava e estudava quando o tempo sobrava, às vezes até de madrugada.
Juíza. Juíza. Ela falava. E, entre suas faxinas, mais estudos.

Eu, já quase formada, fui efetivada, ganhava bem. Dava para dar umas esnobadas.
Pizza e vinho. Pelo menos uma vez por mês. A gente se acabava.
Meu serviço puxado, a vida dela corrida, mal sobrava tempo para as nossas conversas.
Mas tinha sorriso de uma para outra todo dia.

Pergunta-me quem sou.
Respondo-te, quem és tu.
Falo de ti.
De mim, não sei.
Estranha.
Fala-me de mim.
Conta-me.
O que encontras?

Não quero ouvir,
Nem conhecer,
A verdade assombra.
O medo me toma.
De ser nada.
Ser ninguém.
Ou ser muito,
Ser tudo.

Quem sou?
O que vês?
Sussurras.

Não grite.
Não suportaria saber
Quem ganhas em mim?
O mal ou bem?

Não me enganas
Não profanas
Ama-me, ganha-me.
No rebate.
Mas permita-me.

Eu lhe digo:
Sou amor, sou verdade.
Mentira,
Ninguém de fato sabe
Quem és tu.
Quem sou eu.
Quem somos nós?

Conquistas

Primeiro lugar.
Juíza Federal. Coisa fina. Gente importante.
Depois de trabalhar em diversos escritórios de advocacia por anos, depois de inúmeras tentativas frustrantes, ela conseguiu.
Saiu o resultado do concurso.
Eufórica, abracei Maria.
O abraço virou um aperto que virou beijo. Foi só um selinho.
Mas meu coração parecia que ia saltar do peito, de um jeito bom.
O primeiro beijo foi estranho.
Sem pensar. Era felicidade.
Culpei a comemoração. Afinal, era um sonho muito grande sendo realizado.
A noite mereceu vinho e pizza. Extrapolamos.
Fomos embora abraçadas e cantando.
Fechamos a porta e nos olhamos.
Desejo.
Sorrimos e eu nem sei quem começou.
De repente, nossas bocas se tocaram novamente. Nada de selinho.
Foi língua, tesão.
Passou a estranheza.
Deitamos nuas, beijos, carícias, coração acelerado.
Amamo-nos pela primeira vez.
Foi singular.
Cheiro de rosas, mãos delicadas. Sem apertos, sem dor.
Sem remédios para a barriga não explodir.
Sem medos, sem nada entre nós.
Quando um corpo é tocado por amor, o coração sente.
Sente calafrios, calor e frio, sente anseio.
Sente a luxúria, o desejo, sente a vontade de mais.

Mais toques, mais contato, mais do sentir da fusão de pele e alma.
Quando há amor, o medo não tem espaço, nem há angústia e tampouco há pressa.
Quando há amor, só o belo enaltece.

Pedi folga no hospital, era a posse de Maria.
Eu estava presente, orgulhosa dela, carregando flores brancas nas mãos.
Mantemos a discrição da nossa relação. Ali, éramos boas e velhas amigas.
Comemoramos entre tantos doutores.
Desafiamos de queixo erguido os olhares preconceituosos lançados sobre Maria.
Afinal, uma mulher e negra.
O que fazia ali?
Aceitem, hipócritas. Sorriam esse sorriso falso.
Sim. Juíza Federal.
Sem subterfúgios, talento puro. Conquista única.
No final da noite, extasiadas pela alegria, nos amamos livres em nossa cama.
Estranheza.
Eu simplesmente senti.
Senti amor puro e verdadeiro. Senti anseio e senti desejo.
Não é o sexo, não é a acepção, é o coração.
Ele encontrou Maria. Minha cara metade. E tampouco me importa os clichês ou títulos.
Eu gosto da minha menina.

Pra você guardei o amor
Que sempre quis mostrar
O amor que vive em mim vem visitar
Sorrir, vem colorir solar
Vem esquentar
E permitir

Pra você guardei o amor – Nando Reis

Ninguém olhou para aquelas meninas sem mãe.
Ninguém enxergou o sofrimento daqueles olhares perdidos.
Sobrevivemos, acima de todo abandono, dor e medo.
Recomeçamos. Encontramo-nos. E o amor nos encontrou.
Foi na luta do nosso suor.
Por nossas mãos, nos tornamos as mulheres de hoje.
As mãos que hoje se tocam, venceram os preconceitos.
Não porque os extinguimos, e sim porque os ignoramos.
Não nos afetam.
Somos o que somos.
Duas apaixonadas.
Cúmplices. Amantes. Amigas.
Um amor que chega arder às vistas...
Maria, autoridade, sorriso.
Lara, auxílio, seriedade.
Completamo-nos.

Quatro anos de união, briga nunca.
Encontramos em nossa estranheza uma felicidade real.

Quero a luz dos olhos meus
Na luz dos olhos teus sem mais lará-lará
Pela luz dos olhos teus
Eu acho, meu amor, que só se pode achar
Que a luz dos olhos meus precisa se casar

Pela luz dos olhos teus — Miúcha e Antônio Carlos Jobim

Sob o luar.
Às vistas de nossos sorrisos sinceros.
Assinamos a união estável de algo já sólido dentro de nós. Um papel pardo, rabiscos e leis sem sentido a um sentir puro e verdadeiro.
Cansei de ser sozinha, embora desde o primeiro sorriso naquele ônibus, naquela volta vazia, cheguei completa e nunca mais me senti só...
Então, cumprimos os protocolos dos homens.
Maria é assim, gosta de seguir as regras, as leis. *Quero amparála*, disse ela.
Mal sabendo, ou sabendo em sã convicção, que és em carne e osso o meu amparo, é o seu sorriso que sustenta os pilares da minha fragilidade.

Casei-me com minha melhor amiga, com minha melhor pessoa.
Alianças trocadas de metal, nobre, robusto, de ouro.
Alianças trocadas nas palavras não ditas, daquilo que já está enraizado em nós.
Verdade.
Lealdade.
Traços de nomes não selam o que selamos com nossos sonhos compartilhados.
Foi válido.
Uma formalidade para acalentar Maria.
Pois, eu já sabia que eu era dela e ela, minha.
Felizes, encerramos a noite de luar com um jantar pomposo, testemunhado por três casais de amigos.
Pessoas extraordinárias.
Temos poucos amigos, mas são os necessários. Verdadeiros.
Divertimo-nos muito. Envoltos ao som de piano e vários brindes.
Brinde de desejos...
De felicidade às noivas.

Adoção.
Foram anos de preparação, com reuniões de grupo, psicólogos, assistentes sociais e muito, muito diálogo entre mim e Maria.
Adoção é muito além de dar uma família a uma criança.
Adoção é doação, aceitação. Uma entrega completa.
Uma decisão que deve ser pensada com o coração e a razão.
É querer ter um filho e ponto.
Acima de suas imperfeições, medos e dores.
Ensinamos e aprendemos, amamos e somos amados.
Duas meninas. Gêmeas.
Raíssa e Rânia.
Quatro anos.
Pais drogados, abusivos e violentos. Presos.
Elas também presas entre paredes cheias de rostinhos esperançosos.
Queríamos levar todos.
Raíssa olhou para Maria e disse em sua inocência:
— Você pode ser minha nova mamãe? Sua cor é igual a minha.
Não tivemos dúvidas, trocamos nossos olhares cheios de lágrimas e assentimos.
Após todo o processo, chegou o dia tão esperado por nós.
Fomos buscar nossas filhinhas.
Elas saíram de lá orgulhosas.
Sabíamos que sempre haveria os olhares, o preconceito silencioso da raça, da adoção em si.
Os tempos de hoje não deveria mais carregar o peso da cor.
O peso dos danos causados por tantos anos.
Somos todos da mesma cor, a cor do coração, a cor do sangue que pulsa.
O vermelho que mostra a identidade da irmandade, em qualquer tempo e em qualquer lugar.

Hoje o brado é ouvido mais rápido, mas é triste saber que é preciso ainda ter grito para se fazer ouvido de direitos, de escolhas e de vida.
Decidimos.
Nossa cor seria o vermelho do coração. A cor de todos.
Maria e eu somos conscientes de que toda a verdade faz a diferença e sobre ela criaremos nossas filhas.
Sabemos que será preciso acompanhamento psicológico, amor e também correção, paciência e sabedoria.
Elas já carregam na alma o resquício de abandono e da rejeição, e isso gera o medo da reincidência.
Não haverá, independentemente do que precisarmos enfrentar.
Elas são nossas e somos delas.

Casa nova.
Construímos do nosso jeitinho. Cada tijolo, cada etapa.
A outra, nós vendemos, uma ninharia, mas deu para ajudar a terminar essa que agora entramos com nossas filhas.
É uma casa linda, vários quartos, piscina, mas chamamos de lar.
— *O quarto será mesmo só nosso, mamãe?*
Abraçadas Maria e eu, respondemos às nossas filhas que sim, o quarto, os brinquedos, as roupas e, principalmente, o nosso amor.
Tudo delas.
Na casa antiga, ficaram as velhas memórias.
De lá, trouxe os retratos de minha mãezinha, e as poucas

lembranças felizes que construí com Maria.
Nada mais.
Não foi o sair da casa que apagou todos os traços de mágoa, foi a minha vontade de ser melhor.
Foi o desejo de construir novas recordações, de construir uma família, de salvar meu futuro.
Porque se não há o anseio de cura interior, não há lugar no mundo que o salve.

Tardes ensolaradas na praça passaram a ser nosso cenário.
Sol. Verde. Ar puro.
E o sorriso contagiante das nossas pequenas.
Ah! Esses sorrisos ofuscavam até a luz do sol, de tão escancarados, de tanta sinceridade.
Enquanto corriam e brincavam livres e venturosas pelo gramado do parque, nós observávamos no tempo de nosso descanso, o quanto éramos felizes, apenas pelo simples sorrir de nossas filhas.
Tempo de amar, de se doar.
Tempo de ser mais que trabalho, que obrigações.
Tempo sem mensurar.

Na volta do parque, num dia de domingo, percebi Raíssa triste.

Ela comentou que não gostava da escola.
Coração de mãe não se engana.
À noite, escutei seu choro abafado. Sentei-me ao seu lado e toquei seus cabelos, sua reação me deixou em alerta.
— *Saia daqui. Quero ficar sozinha.*
— *Calma, filha, isso não é jeito de falar com sua mãe.*
— *Você não é minha mãe.*
Enfrentei a situação que, por vezes, temi.
Abracei minha filha contra a vontade dela.
— *Sou sua mãe sim e se você está triste, podemos conversar, mas isso não lhe dá o direito de me magoar.*
— *É minha mãe até quando?*
Entendi, era o tal medo do abandono.
— *Até a eternidade, filha. Mesmo que eu morrer, não deixarei de ser sua mãe.*
Seu abraço tornou-se um aperto, como se não pudesse me deixar escapar.
— *Desculpe. As meninas da escola dizem que você não é nossa mãe.*
Segurei as lágrimas. Suspirei.
— *Eu as amo tanto. Você e sua irmã são importantes para mim. Não deixe nunca uma pessoa que não conhece nosso amor colocar maldade nele.*
Ela sorriu.
— *Desculpa, mamãe.*
— *Dorme, meu anjo. E sempre que tiver medo, dúvidas, fale. Somos uma família unida que pode falar sobre tudo.*
Quando cheguei à porta, ela disse:
— *Eu te amo, mamãe.*
— *Eu te amo, MINHA filha.*

Não é fácil para uma criança assimilar o abandono e nunca, nenhuma razão, é capaz de preencher seus questionamentos.

Tropeços

O primeiro baque veio do chamado da escola. Desde que Raíssa se queixou, eu fiquei em alerta.
Bullying.
Nada de mil maravilhas.
Desde que as nuvens tornaram-se apenas nuvens para mim, achei que nada seria de algodão na minha vida.
Disse a diretora, com cara de aristocrata, dissimulada, que as meninas provocavam.
Mentira. Se não pagássemos a grande fortuna, já teriam sido escorraçadas.
— *Isso é preconceito* — respondi num teor de voz que fez a sala tremer.
Cor.
A relação homoafetiva das mães.
Ela falava pra dentro, quase engolindo as palavras.
— *Imagina, não temos preconceito, só não sabemos mais o que fazer, elas são geniosas.*
Pois eu, sim. Encerrei a matrícula. *Elas são doces, meigas, geniosas é o cacete.*
Peguei nas mãos das minhas filhas e as tirei dali.
No silêncio do meu quarto, mais tarde, desabei.
Chorei todo o preconceito sofrido.
— *Você errou, Lara, não podemos tirar nossas filhas de cada escola que elas frequentarem. Elas precisam aprender a se defender, elas precisam ser fortes.*
Discordei. Teríamos que ser fortes por elas.
Eu sou forte desde os meus seis anos. Fui forte ao enterrar minha mãe. Fui forte ao perder meu pai e receber no lugar dele, um algoz.
Sou forte por ser mulher.
Não há saída a não ser a força, para lutar por uma Lara melhor.
Por Maria e nossas filhas, fiz-me mais forte ainda, multipliquei a força do querer o melhor de mim.

Elas não precisavam aprender tão pequenas, tão inocentes, o que é a maldade humana.
Eu as protegeria enquanto pudesse. Eu não tive escolhas, elas terão.
Deve existir um bom local. Eu encontrarei uma boa escola.
Foi nossa primeira briga.
Fizemos as pazes.
Por incrível que pareça, por obra das pequenas que estavam à beira da porta, com olhinhos arregalados e falaram com a voz de choro que nem parecia haver amor ali.
Que tínhamos que parar de discutir, pois doía nelas.
Tão maduras nos aconselhando, aos sete anos.
Nossas meninas já eram fortes, agora percebíamos.
Pedimos perdão uma à outra, e também às nossas filhas.
Foi só aquele dia. A briga.

Nova escola.
Adoramos. Nada de hipocrisia. Nossas filhas também gostaram.
Claro que ainda existia gente ruim lá dentro, mas era minoria.
Minhas filhas eram guerreiras. Inteligentes.

Mais céu escuro...
Mais nuvens escuras...
Mais uma vez, nada de algodão para mim.
Conforme a água descia pelo corpo, as lágrimas desciam pelos meus olhos.
Eu não tinha "aquilo" dentro de mim, de onde ele veio? Que dia ele surgiu? Talvez da minha limitação de busca médica? Ou da própria falta de cuidado, de toque?
<u>Oras, ainda assim, era culpa minha...</u>
"Eu avisei, mandei você procurar uma médica, você tem que fazer check up, você tem que se tocar."
<u>Se toque, se toque!</u>
Essas palavras vinham à minha mente enquanto eu passava e repassava a mão no caroço do peito.
Me toquei. E agora era tarde demais, cedo demais.
Vemos tanta campanha... *Outubro Rosa, dicas de médicos, propagandas.*
E, sei lá, às vezes nos esquecemos de nós mesmas nas labutas do dia a dia, e o cuidado, o zelo, passam despercebidos.
Este esquecer-se de si, não deveria acontecer.
Eu avisei... Sim, ela disse isso.
— *Eu avisei, Lara, te pedi para ir ao médico, você vive metade de sua vida em um hospital, vê isso todo dia, que droga!*
O grito de Maria me chocou. Ela nunca tinha gritado.
Foi nossa segunda briga.
Mas, no outro dia, ela estava lá comigo, na médica, ao meu lado, segurando a minha mão.
Ela não repetiu mais: *"Eu avisei"*.
Ela disse: *"Estarei ao seu lado"*.
Talvez não existisse batalha.
Esperancei.
Mas houve.

Guerra. Das grandes.
Positivo. Maligno. Enorme. Cirurgia urgente...
Nem tive tempo de pensar, nem de comprar uma armadura, fui para a guerra nua, inteira, despida.
O medo iminente da morte. "Ela" beirando meu caminho de novo, sorrindo. Apesar do medo de ir, da despedida não dita, não barganhei, nada pedi.
Abaixei a cabeça e aceitei sem forças.
Saí mutilada, meus seios ficaram no hospital, minha autoestima também.
Vaidade... eu não sei... mas doeu, não só a dor do corte, todavia, a da cicatriz indicando o que restou em mim...
Amarguei, não soube lidar com essa perda, me senti pequena, feia, incapaz, me permiti cair, me isolei, chorei, desaprendendo a rezar.
Nada me animava.
Nada.
Nem o carinho das meninas, nem o amor de Maria.
Acho que arrancaram meu coração junto com os seios, e meu peito ficou oco.
Doença maldita, judia por fora, por dentro da gente e de outras gentes...
Não parou por aí, vieram as quimioterapias.
O câncer não só te maltrata, ele te humilha, como é cruel.

Tem a dor do peito e a dor do seio.
A dor da alma e a dor do coração.
Tem a dor que tem remédio e a que tem oração.
A dor que é vista e tem aquela
Que de tão doída já nem é mais sentida.
Tem a dor física e a que não se toca.
São tantas dores misturadas.
Correndo nas veias feito sangue.
Que perdemos a noção,
Nem sabemos se dói ou se é medo,
Ou se o corpo já se acostumou a padecer.
Vem sufocando tampando a garganta
Com um aperto forte
Num sussurro diabo te diz para gritar,
Sem afrouxar as mãos, escarnecendo do domo.
Nessa tentativa de extirpar e fugir,
Nosso grito escapa por dentro feito cura, feito alívio.
É tanta dor neste mundo
Que se a gente se calar, ninguém mais se salva.

Eu no quarto por dias, entregue à própria sorte.
Maria não desistiu de mim, e me fez lembrar que eu era amada.
Não soube lidar. Magoei Maria.
— *A dor é minha. Estou definhando, feia. Você vai me deixar, não vai suportar. E quer que eu fique bem?*
Grito, grito sem sentido, e choro.
Assim que as palavras saíram, o remorso me dominou, palavras cruéis que não voltavam mais para a goela.

Maria me mostrou a verdade, com voz calma e suave, discorreu acima da minha ira.
Disse que era incapaz de me abandonar e que doía nela eu pensar tão pouco de seu amor.
Que embora não tivéssemos escolhido, ela estaria ao meu lado e que a minha dor era dela também.
Maria bateu a porta e saiu.
Chorei. Experimentei a minha mesquinhez.
Chorei pela dor, pelo buraco vazio no peito e no coração, chorei pelas palavras que eu joguei e não podia recuperar, chorei pela fraqueza que permiti sentir.
Chorei até secar as lágrimas para o câncer.
Para ele, não iria chorar mais.
Ele não iria tirar mais nada de mim, além do que já tirou.

Eu andei demais
Não olhei pra trás
Era solta em meus passos
Bicho livre, sem rumo, sem laços
Me senti sozinha
Tropeçando em meu caminho
À procura de abrigo
Uma ajuda, um lugar, um amigo

Fera ferida — Maria Betania

Redenção e Fé

Café da manhã, o silêncio impera na casa.
Uma estranheza de quietude.
Num lar que é sempre algazarra, falação e riso.
Olhei minhas três meninas sentadas. Elas me olharam assustadas.
Depois de dias e dias trancada no quarto e na minha autopiedade.
Sentei-me, encarei-as e sussurrei:
— Me perdoem. *Eu amo e preciso de vocês. Sei que vou vencer. As tenho ao meu lado.*
Maria levantou e foi a primeira a se aproximar.
E, de repente...
Num abraço coletivo, sorrimos.
E nos permitimos sonhar!
As segundas chances indicam retorno.
Cada volta há de se pisar nos rastros dos próprios pés.
Mas, nem sempre caberão ali.
Por isso, é preciso novas pegadas.
Refletindo sobre tudo, senti no meu coração uma força diferente, nova, que me encheu de perspectiva, uma coisa que só minha mãe tinha me falado uma vez.
Fé.

A fé, um "bocadinho" daquela forte esperança, cutucando o peito, dizendo que ainda há uma chance.
Fé é aquele "negócio" que acelera o coração da gente mostrando que pulsa e tem vida gritando.
Fé é tão pequenininha que nem se vê.
E tão grande que move montanhas.

Em tantas palavras bonitas e tantos encontros gigantes, Deus escolhe só duas letrinhas para mostrar que não precisa muito pra gente ir adiante.
Fé precede a felicidade que precede alcançar a paz.
É Deus quem deixou de presente, então é coisa boa de ter.

**Andar com fé eu vou
Que a fé não costuma faiá...**

Andar com fé — Gilberto Gil

Caminhos

A vida, contínuo ir e vir, cair e levantar, chorar, enxugar as lágrimas e depois sorrir.
Ainda bem que tem dois lados!
Ainda bem.
Na terceira quimioterapia, meus cabelos já estão ralos.
Cansei de protelar.
Decidi encarar.
Marquei horário no salão. Antecipei.
Não ia deixar a doença fazer. Eu fiz.
Careca, sorri ao espelho.
Até que você é bonita, Lara, pensei.
Tudo bem, um lenço, um boné, talvez melhore, ou apenas me acostume.
São só cabelos, eles crescem.
Já perdi tanto nessa vida. Coisas e pessoas que nunca mais cresceram.
Ao chegar em casa, minhas meninas lindas disseram que tinham uma supressa para mim. Fecharam meus olhos e me levaram até a varanda, cada uma de um lado, segurando minhas mãos...
Tiraram a venda.
Eu não contive as lágrimas, mas eram de amor, e não pela doença.
Minha Maria parecia meu retrato no espelho.
Sem cabelos, seus cachos partiram dali, e seus grandes olhos sorriam para mim.
— *A mamãe não deixou a gente raspar o nosso, mas a gente também queria* — Raíssa disse.
Então nós quatro compramos lenços, eram tantos, lisos, estampados, cada dia era uma festa para escolher um jeito novo de amarrar.
Os cabelos cresceram na mesma medida que os exames mostraram a cura.

Cuidados, zelo, toques e a tal manutenção.
Por hora, livre...
Para sempre amada.
Venci mais uma batalha.

Maria resolveu deixar os cabelos curtos. Era mais fácil de cuidar.
Os meus cresceram fracos, ralinhos...
Optei por não reconstruir as mamas.
Ia ficar assim, *peito de homem*, como Rânia falava.
Voltei para a terapia. Que tolice me afastar. Eu precisava desse suporte, sempre precisaria.
Nesta trégua, a vida correu seu curso.
Felicidade. Amor. Lar.
Do jeito que a gente merecia.

Mudanças

Três anos se passaram.
Maria seria transferida para Brasília.
Cargo superior. Indicaram-lhe como desembargadora.
Por tempo de serviço e por merecimento. Dentre uma grande lista.
Nomeada. Nosso orgulho.
Antes de aceitar, Maria quis ouvir nossa opinião, não quis ser egoísta.
— *O que acham? Devo aceitar ou recusar? Como se sentiriam em nos mudarmos?*
Lembrei-me da minha primeira mudança, onde só ouvi: *"Arrume suas coisas..."*
Mas claro que amamos. Cidade nova, novos rumos, olhares.
E, claro, por ela. Uma vencedora e merecedora de toda essa conquista.
As meninas já estavam findando os quatorze anos. Já havia se passado dez do nascimento delas em nossas vidas.
Optei por dar uma pausa no trabalho até que todas nós estivéssemos adaptadas à cidade e as meninas estivessem bem na escola.
Cidade linda.
Mágica.
Alugamos nossa casa e decidimos alugar um apartamento.

15 anos
Nossas debutantes...
Para o amor, para a liberdade, para a descoberta.

Nossa relação com nossas filhas sempre fora franca, apesar de nossa condição abastada, elas compreendiam o valor das coisas, valorizavam o **ser**.
Criamos meninas educadas e íntegras.
Meu sonho era um baile, flores e valsas. Talvez o fosse pra mim. A chance de realizar.
Mas meus quinze anos se foram, com seus sonhos.
As meninas optaram por viajar para longe e conhecer o novo.
— *Festa é coisa do passado, mãe* — elas me alertaram.
Deve ser. O passado que não vivi. Não senti.
Rânia, Raíssa e Maria embarcaram para um mundo de descobertas.
Eu não tive coragem.
Sei, já enfrentei coisas piores.
Mas, talvez, o significado das nuvens para mim seja difícil de ser encarado. O avião me levaria ao céu para perto delas, e *"aquele"* algodão branquinho faria meu coração saltar do peito.
Elas compreenderam.
Não menos tristes, eu também.
Que grande estranheza.
Já superei infernos tenebrosos e o céu me assusta.

A saudade já era tanta que talvez um dia eu me arriscasse a voar os céus das minhas incertezas, caso elas quisessem seguir em outra aventura.
Saudade do cheiro, do abraço e até da algazarra.
Dos sons das risadas.

E até das reclamações.
A casa ficou vazia.

O retorno é sempre fantástico.
Saudade misturada com novidade. As mãos ficam perdidas entre abraços e presentes.
Presente maior é o abraço.
Que enlaça. Que é casa.
A euforia durou tantos dias.
Que fez a saudade valer a pena.

> Quero a alegria de um barco voltando
> Quero a ternura de mãos se encontrando
> Para enfeitar a noite do meu bem
> Ah, como esse bem demorou a chegar
> Eu já nem sei se terei no olhar
> Toda a pureza que quero lhe dar
>
> **A noite do meu bem — Maysa**

Felicidade

Na tranquilidade de nossa rotina, éramos felizes.
A casa das quatro mulheres. Como sempre brincávamos.
Oferecemos às nossas meninas os melhores estudos, e tudo o que elas aspiravam aprender além.
Não queríamos máquinas, cérebros superiores.
Proporcionamos infância, lazer e descontração.
A alternativa sempre foi delas... E, entre tantas opções, escolheram idiomas e instrumentos.
— *As línguas nos aproximam do mundo. Os instrumentos também* — argumentavam.
Rânia: piano, inglês e alemão.
Raíssa: violino, inglês e francês.
A melodia era nossa companhia. Em finais de semana, envoltos em boa música e boa companhia.

A apresentação foi bem estranha.
— *Mamães, esse é meu namorado* — disse Rânia, numa tarde, despretensiosamente.
Tadeu, dezessete, rosto cheio de espinhas. Envergonhado.
Aquela sensação de pavor ao conhecer a família da namorada.
A sensação era igual a minha e de Maria. A gente só disfarçava melhor.
Moço bom, educado. Ficamos felizes com a escolha de Rânia, eles eram dois apaixonados.
No início, nos preocupamos, afinal, menino branco, família conservadora.
Fomos surpreendidas por uma família excepcional, livre de preconceitos.

Duas famílias diferentes, unidas por seus filhos tão iguais.
Nossas filhas são mulheres lindas.
Sorrisos grandes, olhos expressivos. *Duas jabuticabas vivas*, cheias de compaixão e decisão.
Raíssa nos preparou antes, primeiro disse que estava *ficando* com um menino. Só depois nos apresentou o Igor, negro, lindo, alto, um pouco arrogante.
Porém, sua experiência e urgência afugentou nossa menina, que decidiu "focar" nos estudos. Nada de namorados por hora.
Respiramos aliviadas, não tivemos empatia por ele.
Estávamos apreensivas, dando aquela liberdade vigiada.
Mas esperta que é, viu por si só.
A escolha chama-se liberdade.
Liberdade significa direito.
Mas, no fim, somos presos no direito de nossas escolhas.

O grito de liberdade é ousadia
Que corre despida pelos caminhos;
É alivio, é duelo contínuo entre ir e vir.
Mas, o regresso ostenta utopia.
Que não somos livres de amar, sentir, nem perder.
As correntes são os sentimentos da vida.
Riso e dor os elos que apertam, esmagam e sangram.

O temor, o pudor, o receio, somam as amarras.
És livre agrilhoado nas escolhas.
Liberdade é ilusão cunhada,
Para não morrer à deriva do não.
Disfarce perfeito dos erros e medos.

Um grito mudo, seguro no caminho que perpetra a curva,
Liberdade é utopia de ousadia.

Amor Verdadeiro

Vi Maria na sacada, admirei sua beleza refletida sob a luz do luar.
Perdi-me em sua silhueta e em suas palavras cravadas no meu coração. Ditas como declaração, no mesmo dia, mais cedo:
— *Lara, Nosso destino foi marcado por uma "estação".*
— *Confesso que, na verdade, peguei o ônibus errado, entrei e notei você, me encantei no mesmo instante.*
— *Depois peguei o ônibus errado todos os dias, andava umas quinze quadras a pé, só para te ver e criar coragem de me aproximar.*

Aproximei-me dela, sentei-me ao seu lado. Olhamos a lua juntas. Segurei as mãos de Maria e sussurrei:
— *Maria, pensando no que me disse mais cedo, foi o ônibus certo. Você errou para acertar. No fundo, era a vida, nos dando uma chance, nos permitindo o encontro.*
— *Era o destino o nome daquele ônibus. Era o amor nos encontrando de novo.*
— *Você foi a minha melhor escolha, Lara, te escolheria todos os dias.*
— *Você é minha redenção, Maria, me renderia a você todos os dias.*
— *Eu te amo.*
— *Eu te amo.*

Em uma explosão de carinho, desejo e amor, nos pertencemos mais uma vez. Seria sempre assim, uma gama de sensações. O coração saltando no peito. O querer mais e mais. O olhar cúmplice.
Maria aprendeu a conversar com o olhar, nossa comunicação silenciosa.
A vida me permitiu sentir, sorrir, tocar as nuvens.
Ainda que o breu tenha invadido o meu espaço e a dor me feito sucumbir.
Ainda que a morte tenha me desafiado e o medo me feito ocultar.
Ainda que lembranças tristes tenham me invadido a alma e me feito desanimar.
Ainda que tantos desafios e desafetos, contratempos e controversas tenham me feito urgir.
Ainda assim...
Fui agraciada com amor.
Por uma mãe, ali nas fotos ou no vestido floral, presente nas poucas recordações de uma garotinha.
Por uma esposa e amiga. Por minhas filhas.
Encontrei a força, o ânimo, o sentido da vida.
Família.
Porque acima de todos os "AINDAS" do caminho.
Tive a soberania dos "AMORES".

Eu dizia a Maria que nunca iria me acostumar com o quanto nossas bebezinhas cresceram.
Ela me lembrava que voltamos a ser nós duas.
Abraçadas na sacada do nosso apartamento, vendo a luzes de Brasília, lamentamos nossa volta do aeroporto.
Rânia e Raíssa pegaram o voo de volta para São Paulo. As férias passaram voando, e cada uma delas voltaria para sua faculdade.
Rânia, no terceiro ano de Direito.
— *Juíza serei um dia. Como minha mamãe* — dizia ela.
Ainda namorava Tadeu, estudavam na mesma sala, sonhavam os mesmos sonhos. Acho que eram almas gêmeas e ainda se casariam. A torcida era grande.
Raíssa, primeiro ano de Medicina.
Demorou para passar no vestibular, mas conseguiu. Federal.
Ainda nada de namoros sérios, queria curtir a vida.
Nossos dois amores.
Filhas que nasceram dos nossos corações.
Nossa relação com elas era maravilhosa, éramos amigas, falávamos sobre tudo, sonhávamos. Claro, havia a hierarquia do zelo, ensino e obediência...
E acima de tudo, o amor. Construído no tempo que permitiu a profundidade do conhecimento e da confiança.

> **Nunca se esqueça, nem um segundo**
> **Que eu tenho o amor maior do mundo**
> **Como é grande o meu amor por você**

Como é grande o meu amor por você — Roberto Carlos

Dizem os "velhos aforismos" que ninguém dá aquilo que não teve...
Discordo. Cada um dá aquilo que deseja, que sonha. Ou que guarda no coração.
Impetramos dar às nossas filhas o que nunca tivemos.
Uma família estruturada no amor.
Que estranheza!

Na Estranheza da vida, de ser e sentir, buscamos a Força para compreender, amar e lutar sobre as dores e medos, no anseio dos sonhos, da esperança e na vontade louca de viver um pouco mais.

Alento.
Ternura.
Uma mistura.
Criação.
Gera e abriga.
No peito e na vida.

Fraqueza e submissão,
Embora a intitulem
Não condiz
Com sua garra
Na guerra dos dias.
Sofridos. Punidos.
Sendo muitas, sendo tudo
É uma.

Brados silenciosos,
Escondidos na alma
Cansada por hora
Porque ela é chama
E se ascende
A cada nascer do sol

E é luz que clareia
Ilumina estradas
Escuras. Curvas.
Ela sabe ser tumulto e nostalgia
Solidão e paixão.

Ela quer mais que sobras
Quer inteiro.
Quer tudo.
Porque ela é intensa

Forte.

Batalha sem perder
Sem vencer
No empate da disputa
Não se diminui
Tampouco se impõe

No fundo e descaradamente
Todo mundo sente
E sabe
É dela a vitória.
Ela manda e faz
Na completude
Um tudo para todos.

Ela se basta.
Mas ela quer carinho e amor.
Ela consegue.
Mas ela pede ajuda.
Ela fala demais.
Mas seu sentir oculta.
Ela é menina, ela é pequena.
Ela é grande.
ELA É MULHER!

Hoje meu coração está dividido entre a alegria e a nostalgia. Despedidas são sempre difíceis para mim. Um convite do Hospital de Toronto, no Canadá, para um estágio remunerado é coisa rara e impossível de rejeitar. Aceitei.
Malas prontas, passaporte na mão e muita felicidade no coração. Decifro os olhares das minhas mães; uma comedida, emanando força; a outra, mamãe Lara, frágil, segurando as lágrimas e sofrendo por uma saudade antecipada.
Talvez, por ter perdido a mãe ainda pequena, ter padecido tanto, tenha se tornado mais carente afetivamente.
Lembro-me do quanto ela sofreu quando saímos para estudar, embora disfarçasse suas dores, em incentivos e sorrisos para a gente.
Recordo-me de sua expressão ao entrar de braços dados com Rânia na igreja, ela de um lado e mamãe Maria do outro, levando minha irmã até o altar para Tadeu.
Eu, de frente, ao lado das madrinhas, enxerguei toda sua angústia ao entregar sua filhinha, era assim que ela nos via, sempre "menininhas".
Este equilíbrio de emoções das nossas mães nos fez um bem danado, a força de uma e a delicadeza da outra.
Sou parecida com mamãe Lara, por isso a entendo tão bem. Esse sorriso fraco me desejando boa sorte, boa viagem, no fundo, sei que diz: *"Fica mais um pouco, ainda é tão menina. Deixa a mamãe cuidar de você"*.
Sorrio de volta, respondendo com o olhar, "volto logo, mãezinha". Com a bagagem cheia de saudade, um diploma internacional, e muita experiência.
— *Filha, Deus te abençoe. Sabe que se desistir ou se não gostar, é só voltar. Voe, princesa. Eu te amo.*
Abracei mamãe Maria e a beijei muito, muito, segurando o choro.

— *Cuidado, filha, me chame e eu estarei ao seu lado assim que ouvir sua voz.*
Não deu, desabei em lágrimas quando ouvi mamãe Lara, nossas lágrimas se misturaram e só nos separamos quando o voo foi anunciado.
— *Solte a menina, Lara, senão ela perde o voo. Vai, filha, vai crescer ainda mais. Que orgulho de você.*
Eu dava um passo e virava o rosto pra trás, ver as duas abraçadas, meus exemplos de força, de mulheres, de amor, me dava um orgulho imenso de dizer: MINHAS MÃES!
Que sorte a minha.

Um ano depois.

Fez um ano que fui acolhida por essa cidade mágica, aprendi muito e cresci profissionalmente, fiz amigos, mas amo meu Brasil, o clima quente, e, principalmente, minha família.
Chegarei ao Brasil daqui dois dias, tempo suficiente para presenciar o nascimento do meu sobrinho Gabriel, nosso anjo amado e tão esperado.
As duas vovós não se cabem de alegria, prepararam tudo para a chegada dele.
Rânia é juíza e seu marido, um renomado advogado.
Ele desistiu dos concursos tão disputados e fez uma excelente escolha abrindo seu escritório.
Todos moram em Brasília e eu optei por ficar por lá também, claro, alugarei meu próprio apartamento, terei minha independência.

Mas curtirei todos os almoços de família, a amizade da minha irmã, verei meu sobrinho crescer, terei o colo quentinho das minhas rainhas e muito amor. Porque é isso, exatamente isso, que dá sentido à vida.
Mamães, eu estou voltando.

**Estou de volta pro meu aconchego
Trazendo na mala bastante saudade
Querendo um sorriso sincero, um abraço
Para aliviar meu cansaço
E toda essa minha vontade**

De volta pro aconchego — Elba ramalho

Agraciando às páginas deste livro, uma singela homenagem feita à grande riqueza da nossa MPB e Pop Music:

Engenheiros do Hawaii — Somos quem podemos ser
Tim Maia — Azul da cor do mar
Fagner — Canteiros
Emílio Santiago — Verdade chinesa
Zé Ramalho — Entre a serpente e a estrela
Ana Carolina — Encostar na tua
Dalto — Muito estranho
Elis Regina — Maria Maria
Nando Reis — Pra você guardei o amor
Miúcha e Antônio Carlos Jobim — Pela luz dos olhos teus
Maria Betânia — Fera ferida
Gilberto Gil — Andar com fé
Roberto Carlos — Como é grande meu amor por você
Elba Ramalho — De volta pro aconchego

Agradecimentos

Agradeço por cada canção que me inspirou e me embalou nos poemas da melodia.

Agradeço a cada leitor que na estranheza das minhas palavras, leu-me.

Agradeço a Ana Clara Tissot, Alessandra Pimenta Garcia e Dra. Jaqueline Machado pela ajuda de valor incomensurável nesta criação.

Aponte a câmera do celular para o QR Code abaixo
e conheça mais livros visitando o nosso site.